AF468924

PANORAMA.

PAR M. LACRETELLE AÎNÉ.

PRIX : 1 f. 50 cent.

PARIS.

A LA LIBRAIRIE DE LACRETELLE AÎNÉ ET COMPAGNIE, rue Dauphine, n° 20;

Et chez les marchands de nouveautés.

Mai 1820.

TABLE DES MATIÈRES.

PANORAMA.

LES CENSEURS,

Pièce à tiroir,

EN TROIS ACTES ET EN PROSE.

N. B. Cette comédie, maintenant en répétition, doit être jouée à la fin de la session de 1820.

L'auteur ayant eu l'indiscrétion de nous communiquer son manuscrit, ne peut trouver mauvais que nous en ayons extrait quelques scènes.

PERSONNAGES.

UN ABBÉ.
UN DIPLOMATE.
UN JOURNALISTE.
UN INSPECTEUR DES ÉTUDES.
UN LECTEUR JURÉ.
UN GREC.
UN ACADÉMICIEN.
LE MÉDECIN DES FOUS.
UN EX-RECTEUR. } Comparses.
UN EX-CENSEUR DES ÉTUDES. } Comparses.
UN BEAU-FRÈRE. } Comparses.
UN CI-DEVANT JEUNE HOMME. } Comparses.
UN GARÇON DE THÉATRE.

La scène se passe à huis clos, dans l'arrière-cabinet d'un hôtel de la rue des Saints-Pères. Le rideau se baisse au moment où la pièce commence.

ACTE PREMIER.

SCÈNE PREMIÈRE.

LE LECTEUR JURÉ, L'ABBÉ.

(*Tous deux, assis au coin de la cheminée, attendent leurs confrères.* L'ABBÉ *s'est endormi en lisant* le Défenseur. LE LECTEUR JURÉ, *drapé dans son carrick, tient à la main une petite brochure recouverte en papier rose; il récite, d'une voix féminine, les paroles suivantes, qu'il prend pour des vers.*)

Fatal amour! voilà de tes forfaits!
Un maître altier, épris de mes faibles attraits,
En vain m'offre les vœux d'un coupable délire;
Objet de mes froideurs, la vengeance l'inspire,
Et l'amour de la haine emprunte tous les traits.

L'amour de la haine! les vœux d'un délire!

Je veux être pendu si j'y entends un mot..... mais la musique explique tout; voyons, en chantant ces vers, si j'y comprendrai quelque chose. (*Il chante en fausset les mêmes paroles.*)

L'ABBÉ (*se frottant les yeux*). Une femme ici! C'est à moi de la censurer. (*Reconnaissant son collègue*)... Encore vous, *M. le Lecteur juré!* quand vous prenez votre voix de tête, et qu'on vous écoute en dormant, c'est à s'y méprendre! Que chantiez-vous là?

LE LECTEUR. — Notre collègue *le ci-devant Jeune*

homme appelle cela un intermède. Il voudrait profiter de la clôture de l'Opéra pour y introduire deux ou trois petits chefs-d'œuvre lyriques de sa composition, et j'ai promis de lui prêter, au jury de lecture, le charme de ma voix. Je crois cependant qu'il compte un peu trop sur la prépondérance que lui donne la haute dignité de censeur dont il est revêtu, lorsqu'il croit pouvoir faire jouer, pour l'ouverture de la nouvelle salle de l'Académie royale de musique, ses *Missionnaires de l'irréligion*, qu'il a mis en opéra.

L'Abbé. — Le sujet est heureux, et je vois d'ici le parti que l'auteur en pourra tirer; je crois pourtant qu'il réussirait mieux en ballet : dans tous les cas, j'y voudrais un autre titre. Pourquoi tromper le public? Depuis quelque temps je remarque que les institutions, les hommes et les ouvrages s'annoncent par des titres qui ne leur conviennent pas du tout. N'avons-nous pas eu un *Conservateur* qui battait tout en ruine, un *Modérateur* enragé, un *Spectateur* qui n'y voyait goutte? n'avons-nous pas un *Intrépide* qui tremble au bruit d'une feuille morte, un *Défenseur* qui attaque tout le monde? et nous autres, *censeurs* à brevet, qu'avons-nous droit de censurer, si ce n'est tout ce qui est bon, juste, honnête et patriotique, en un seul mot, tout ce qui est libéral?... Vraiment il faudrait un peu de conscience.

Le Lecteur. — De la conscience à des censeurs ministériels!... Nous prenez-vous pour des jurés?

L'Abbé. — Je le voudrais bien : franchement, mon cher comte, nous faisons là un vilain métier.

Le Lecteur. — J'en conviens avec vous, mais le diable.....

L'Abbé. — Vraiment oui, le diable.... voilà notre excuse à tous deux; d'ailleurs, nous ne venons ici que pour la forme. Mais j'aperçois un de nos confrères qui vient pour le fond.

SCÈNE II.

Les mêmes, un Grec.

Le Grec *entre brusquement, et parle en se retournant et à plusieurs reprises.* — Encore!.... Tout le long du chemin!...... jusqu'ici, jusque dans le sanctuaire de la censure!.....

L'Abbé. — A qui donc en avez-vous, cher confrère?

Le Grec. — Vous n'entendez pas?.... des sifflets?....

L'Abbé. — Eh non, c'est le bruit de cette porte qui gémit sur ses gonds; depuis que M. Beugnot n'est plus à la police, on oublie la goutte d'huile.

Le Grec. — Ce sont des sifflets, d'énormes sifflets, vous dis-je.

Le Lecteur. — On croirait que vous venez d'une pièce nouvelle.

Le Grec. — Eh non! de par tous les diables; je viens de mon cours, où mes élèves m'ont sifflé, mais sifflé!...

L'Abbé. — Contez-nous donc cela; ces petits coquins ont sifflé leur professeur!... C'est trop plaisant.

Le Grec. — Plaisant!... Plaisant!... C'est la chose du monde la plus grave, la plus malheureuse.

Le Lecteur. — Pour vous!

Le Grec. — Pour moi, pour nous, pour tout le monde; car ce n'est pas au professeur, c'est au censeur que s'adressait un pareil outrage. A peine ai-je paru à la tribune, que des cris *à bas le censeur! à bas le.......* (je ne sais de quel autre synonyme ils se sont servis), se font entendre de toutes parts. J'ai d'abord fait bonne contenance; de la dignité dans l'attitude, du calme dans le maintien..., de la fermeté dans le regard, rien n'y manquait, et rien n'a servi; j'ai été hué, baffoué, sifflé de plus belle, et la retraite à laquelle je me suis vu contraint ne m'a pas soustrait à tant d'insolence.

L'Abbé. — Cela est fâcheux, très-fâcheux, sans doute; mais ne conviendrez-vous pas, mon très-honorable collègue, qu'il y a quelque incompatibilité entre les fonctions de professeur et celles de censeur, et que l'opinion publique?....

Le Grec. — L'opinion publique est une sotte qu'il faut bâillonner; grâce au ciel, et à M. Pasquier, nous sommes ici pour cela. Après tout, ils y perdront plus que moi: je suspendrai mon cours, je n'irai plus à l'académie, je n'écrirai plus une ligne, je ne dirai plus un mot.

L'Abbé. — Ah! *M. le Grec*, grâce pour vos contemporains!

Le Grec. — Non, monsieur, un tel outrage ne peut rester impuni; il attaque à la fois la dignité des pairs, à qui la haute censure avait d'abord été dévolue, et les droits des députés, auteurs de la loi bienfaisante qui nous a mis le pain et les ciseaux à la main.

SCÈNE III.

Les mêmes, le Médecin des fous.

Le Lecteur. — Arrivez donc, docteur! nôtre collègue *le Grec* a un tintement d'oreille qui nous alarme.

Le Médecin. — Je sais ce que c'est; le même accident m'est arrivé.... Des douches! des douches!

Le Grec. — Oui, le docteur a raison; toutes les cervelles françaises ont besoin d'être soumises à ce régime.

Le Médecin. — Nous avons des praticiens qui penchent pour la phlébotomie; je ne vais pas jusque-là, des douches suffiront.

SCÈNE IV.

Les deux battans de la porte s'ouvrent; le garçon de théâtre, faisant fonctions de maître des cérémonies, introduit L'ACADÉMICIEN, *que précèdent* LE JOURNALISTE, L'INSPECTEUR DES ÉTUDES, LE DIPLOMATE, *et que suivent les quatre comparses. Tous les censeurs prennent place; le garçon de théâtre pose sur la table, devant chacun d'eux, les ciseaux, l'encre rouge, les épreuves des journaux du lendemain, et se retire. Le bruit aigu de la porte, qu'il referme, fait de nouveau tressaillir* LE GREC.

LE LECTEUR JURÉ *tousse, se lève, et dit :* Messieurs, le président d'une grande réunion adresse souvent à ses collègues cette courte exhortation : *Vous êtes invités à venir de bonne heure; nos séances commencent toujours tard, et n'en finissent pas moins à l'heure où le ventre dîne; tâchez donc de venir à celle où il écoute.* Je me suis aperçu que parmi nous le sommeil n'était pas moins puissant que l'appétit dans cette autre assemblée, et que nous nous endormons dans nos séances, du moment où nous n'y disputons plus; je pense donc que nous ferions bien de nous inviter mutuellement à venir plus matin.

L'INSPECTEUR ET L'EX-RECTEUR. — L'inspection des études absorbe tous nos momens.

LE GREC. — Indépendamment de mon cours d'histoire, j'ai dix ou douze places à remplir.

LE DIPLOMATE. — Il y va du sort de la France, si je perds un moment de vue les cabinets étrangers.

LE CI-DEVANT JEUNE HOMME. — Mon chef de bureau ne me permet pas de quitter la trésorerie avant trois heures.

LE JOURNALISTE. — Et ma *Gazette*, que je suis résolu à ne point abandonner tant qu'il y aura en France un curé qui la lira!

L'ACADÉMICIEN. — Et la commission du *Dictionnaire de l'académie*, dont je suis membre, par la raison que M. Arnault n'en est plus.

LE MÉDECIN. — Quant à moi, l'histoire de mon voyage ministériel à Bayonne, mon rapport sur la peste de Cadix, où je me suis hâté d'arriver quand la contagion n'existait plus; le conseil de salubrité de Paris, où je viens d'être accueilli à peu près comme le Grec l'a été à son cours, tant d'occupations diverses m'absorbent tout entier; et le temps que je passe ici est un vol que je fais à Bicêtre.

LE LECTEUR. — Personne ne vous sait gré du sacrifice; d'ailleurs, pourquoi faire plus qu'on ne peut?

LE CI-DEVANT JEUNE HOMME. — Pour avoir plus qu'on n'a; deux traitemens valent mieux qu'un; demandez plutôt à notre insatiable collègue le Grec, qui mange à douze ratèliers.

LE GREC. — Un autre que le ci-devant Jeune Homme aurait dit à douze tables, mais je ne me fâche pas; chacun a son langage... D'où vient donc ce bruit? (*Il sonne.*)

SCÈNE V.

Les mêmes, LE GARÇON.

LE GARÇON. — Ce sont nos messieurs du *Drapeau blanc*, de la *Quotidienne*, de la *Gazette* et des *Débats*, qui demandent leurs articles.

L'ACADÉMICIEN. — On s'en occupe... Que diable! il faut le temps.

LE JOURNALISTE. — Remettons d'abord les articles à *la Gazette*.

L'EX-RECTEUR. — *Aux Débats*.

L'INSPECTEUR. — *A la Quotidienne*.

LE CI-DEVANT JEUNE HOMME. — *Au Drapeau blanc.*

L'ACADÉMICIEN. — Nos amis avant tout, rien de plus juste.... Vous avez lu, garçon; nous pouvons mettre le *visa?*

LE GARÇON — Les yeux fermés, messieurs; en ma qualité d'ancien employé aux douanes, je ne laisse rien passer.... Quand je dis rien, vous savez de quoi et de qui je parle.

L'ACADÉMICIEN. — Vous avouerez, messieurs, qu'il y a quelque générosité à moi de viser cet article du *Journal des Débats*, où l'on m'accole si ridiculement au *ci-devant Jeune Homme.*

LE CI-DEVANT JEUNE HOMME. — Qu'appelez-vous, accoler?... Qui de nous deux, je vous prie, doit se fâcher de l'accolade?...

L'ACADÉMICIEN. — Il serait aussi par trop singulier que pour quelques bouts mal rimés, pour quelques devises de confiseur, on voulût se mettre sur la ligne d'un académicien, membre de la commission du Dictionnaire; d'un homme de lettres connu par l'éloge....

LE CI-DEVANT JEUNE HOMME. — De quelques grands hommes que vous avez rapetissés de toute la longueur de vos notices; connu par des couplets sans sel, mais non pas sans fiel, par des......

L'ABBÉ. — Allons, messieurs, songez que vous n'êtes ici que pour censurer les journaux, et que c'est empiéter sur le droit de la censure publique que de vous mesurer ensemble. Si vous voulez savoir au juste le degré d'estime auquel chacun de vous doit prétendre, montez l'un après l'autre dans la chaire de M. *le Grec*, et comptez les sifflets qui vous y accueilleront.

LE GREC. — Vous pourriez faire cette épreuve sans danger, *M. l'Abbé*, on ne siffle que ceux qu'on connaît.

L'ABBÉ. — Vous êtes connu de toute la France, à ce qu'il paraît, *M. le Grec.*

L'Inspecteur. — Tenez, garçon, remettez les épreuves à nos amis, et faites-leur notre compliment sur l'excellent esprit qui les anime. (*Le Garçon sort.*)

Maintenant, messieurs, il nous reste à examiner les feuilles libérales, et c'est le cas de vous souvenir dans quel esprit et dans quel intérêt le ministère a rétabli la censure.

L'Abbé. — Est-ce que, par hasard, ce ne serait pas dans l'intérêt, bien ou mal entendu, du roi et de la charte, ou, si vous l'aimez mieux, dans l'intérêt de la France et des Français?

L'Académicien. — Le roi, la charte, la France et les Français n'ont rien à gagner à la censure, on sait cela; c'est pour le ministère qu'elle est instituée.

Le Diplomate. — Et pour le repos des puissances étrangères, ne l'oubliez pas.

Le Grec. — A cet égard, nous avons jusqu'ici fait notre métier en commun; je défie qu'on me cite un seul gouvernement, un seul prince, un seul soldat étranger à qui nous n'ayons témoigné les égards et le respect dont nous faisons profession pour tout ce qui n'est pas français.

L'Abbé. — Témoin l'Espagne, que nous laissons chaque jour outrager dans les feuilles ultra-royalistes.

L'Inspecteur. — L'Espagne, c'est autre chose; il n'y a plus de roi, il n'y a plus de gouvernement, il n'y a plus de nation espagnole là où il n'y a plus d'inquisition. Parlez-nous de l'Autriche, de la Prusse, de l'Angleterre; voilà des puissances!

Le Diplomate (*s'inclinant*). — L'Angleterre, messieurs; l'Angleterre avant tout..... ses vaisseaux, ses colonies, sa politique..... Ses..... *nobis hæc otia fecit*, ne l'oublions jamais.

L'Académicien. — Et ses radicaux?

Le Diplomate. — Eh! Eh!

L'Académicien. — Et ses pontons !

Le Diplomate. — Oh ! Oh !

Le Lecteur. — Quelle est notre règle de conduite envers le royaume des Pays-Bas ?

Le Diplomate (*d'un air profond*). — La plus grande discrétion.

L'Académicien. — Quant à la Russie......

Le Diplomate (*avec la plus grande dignité*). — Hum ! chut ! chut ! je n'ai que cela à vous dire.

L'Abbé. — Vous l'entendez, messieurs ; cependant vous avez souffert que vos amis rendissent compte de l'expulsion des jésuites d'une manière qui n'a pas dû contenter le cabinet de Pétersbourg.

Le Diplomate. — Il faut être conséquent ; nous faisons rentrer les jésuites, nous ne pouvons pas applaudir à ceux qui les chassent.

Le Diplomate. — On peut s'arranger pour louer en même temps des actions contraires ; mais surtout on doit se souvenir que depuis l'empereur de Russie, qui commande à un million de soldats, jusqu'au prince de la Lippe, qui peut, en forçant un peu son recrutement, en rassembler cinq cent soixante-sept, tout prince est à ménager ; quant à l'Espagne, la question se complique, comme on vous le disait fort bien tout à l'heure, et mon avis est que, sur ce chapitre, on ne permette aux journaux qu'un silence absolu.

L'Académicien. (*Il se lève, jette sur ses confrères un de ces regards qui annoncent les profondes pensées et commandent le silence.*)

Messieurs, la censure a deux buts ; l'un général, l'autre particulier....

Le Garçon (*entrant*). — Les journalistes libéraux font

humblement observer à MM. les censeurs que l'heure s'avance.....

L'ACADÉMICIEN.—C'est bon ! c'est bon ! qu'ils attendent ; ils sont ici pour cela.... Je disais donc que le but général de la censure était d'assurer aux ministres leur repos et leur place, de les défendre personnellement de toute attaque, et de mettre les actes de leur ministère hors de toute discussion. Nous savons maintenant par quelle route on peut l'atteindre. Quant au but particulier, indiquons-le franchement ; c'est de nuire aux journaux constitutionnels, et de détruire ceux avec lesquels il n'y a pas d'arrangement possible. Les moyens sont d'une exécution prompte et facile : retarder la remise des articles ; rejeter ceux qui peuvent instruire, intéresser ou amuser les lecteurs ; mutiler non-seulement les phrases, les paragraphes, mais, à propos d'un mot hasardé, supprimer une colonne entière ; laisser passer dans les journaux du bon parti, pour leur en assurer la primeur, les nouvelles que vous retrancherez des feuilles libérales ; ne pas même permettre à celles-ci de répéter le lendemain ce que nous aurons permis aux autres d'insérer la veille : voilà pour le commun des journaux constitutionnels. Quant à ceux que nous honorons d'une haine particulière, nous les chicanerons sur les points, sur les virgules ; après avoir supprimé la moitié des articles, nous renverrons au lendemain l'examen des autres ; nous leur défendrons de laisser la moindre trace, soit par des *blancs*, soit par des *etc.*, soit par des *moins*, des ravages que nous aurons faits sur leurs feuilles. Enfin, pour en rendre l'émission impossible, nous exigerons, avant d'apposer le visa définitif, qu'ils représentent à notre secrétaire le journal, imprimé tel qu'il doit paraître. Vous concevez qu'il n'y a ni persévérance ni fortune de journaliste qui puisse résister à ce système ; qu'avant peu vous arriverez, par ce moyen, à n'avoir plus un seul journal d'opposition en France.

Maintenant voyez, messieurs, les avantages qui doivent infailliblement résulter de ce plan exactement suivi. Nous nous assurons la faveur lucrative des ministres, en dédommagement d'une estime stérile, dont la perte, après tout, ne nous appauvrira pas. Nous simplifions notre travail sans diminuer nos appointemens; nous trouvons le moyen de satisfaire également de petites haines personnelles qu'il est toujours bon d'alimenter quand l'occasion s'en présente; quelques-uns d'entre nous sont intéressés dans les journaux du parti; il leur reviendra toujours quelque chose du mal qu'ils feront à leurs adversaires. Nous sommes ici plusieurs hommes de lettres, et quoique nous ayons tous beaucoup d'esprit et d'imagination, quelques idées sont bonnes à prendre, et deux de nos confrères savent tout ce qu'on peut tirer du carton aux rognures des feuilles libérales; il s'agirait seulement de se partager ces richesses avec plus d'équité, et suivant les besoins de chacun; en conséquence, je propose que notre confrère le Journaliste soit autorisé à prendre, pour sa *Gazette*, tout ce qui tient à la politique; que notre ami le ci-devant Jeune Homme confisque à son profit toute phrase un peu sonore qu'il pourra couper en deux hémistiches, et qu'on me réserve à moi tous les paragraphes historiques ou biographiques qui doivent naturellement trouver place dans mes immortelles notices. (*Au Garçon de théâtre qui entre.*) Garçon, vous m'obligez à vous redire que vous ne devez entrer dans la salle de nos séances que lorsque vous y êtes appelé.

LE GARÇON. — Il est tard, messieurs; les libéraux s'impatientent, et donnent au diable la censure et les censeurs.

L'ABBÉ (*à part*). — Sans s'informer si le diable en voudrait.

L'INSPECTEUR. — Le fait est qu'il est temps d'aller dîner.

LE BEAU-FRÈRE. — Ma femme m'attend.

UN AUTRE COMPARSE. — Ma gouvernante me grondera.

L'ACADÉMICIEN. — On peut retenir ce que nous n'avons pas eu le temps d'examiner, et remettre le reste.

LE DIPLOMATE. — Je n'ai pas encore lu une seule ligne de la *Renommée*.

L'ACADÉMICIEN. — Qu'on dise à son *responsable* que nous ne sommes plus en nombre suffisant.... A demain, messieurs, la séance est levée.

Tous les CENSEURS (*en sortant par une porte de derrière*). — A demain, à demain.

Fin du premier acte.

NOUVELLES VUES

SUR LE DOUBLE GOUVERNEMENT DE LA FRANCE.

Ce serait une effrayante découverte que celle qui ne permettrait plus de douter qu'un double gouvernement ne soit organisé parmi nous. Eh quoi! nous invoquerions au nom de la charte un roi constitutionnel, des ministres responsables, des chambres nationales, des tribunaux indépendans, des milices citoyennes, en un mot, des droits reconnus, des garanties déterminées; et, en même temps, un pouvoir occulte nous ferait subir un maître despotique, des ministres absolus, des pairs et des députés infidèles, des magistrats asservis, des bandes armées contre la sûreté publique, enfin toutes les misères de la servitude, et tout le fléau de l'arbitraire! Il y aurait les mots et les choses, les simulacres et les réalités, le jour pour faire la toile, et la nuit pour la défaire, ou plutôt pour nous envelopper tous des rets de la contre-révolution : les lois ne seraient plus qu'un piége, les institutions qu'un mensonge, les promesses qu'un scandale, les engagemens qu'une perfidie! La France ressemblerait à ces pays d'illusions, à ces terres de prestiges qu'a peuplés l'imagination des Orientaux! D'infideles moteurs de nos destinées passeraient à côté de nous, planeraient sur nous, sévirai ent contre nous! et lorsque nous tendrions les bras vers les organes des lois pour nous protéger et pour nous secourir, ils s'arrêteraient frappés par la baguette de quelque fée malfaisante, ou de quelque nuisible enchanteur! Ah! s'il était vrai que telles fussent notre infortune et notre honte, et que cet effrayant faisceau de lumieres qui jaillit de toutes parts éclairat l'affreuse vérité, le gouvernement de droit n'aurait pas un moment à perdre pour désarmer le gouvernement de fait, et arrêter ses pernicieuses usurpations. Toute connivence, même indirecte, des lois, de la magistrature, de la force armée avec l'administration vémique, serait un crime irréparable. Un pas de plus s'appellerait la chute, car une ligne de plus serait le précipice.

Tout ce que je viens de dire n'est (j'ai besoin de le croire encore) qu'une simple hypothèse, et se rapporte à une situation de choses qu'il appartient au gouvernement de vérifier. Mais ce qui malheureusement est une réalité constatée, d'où sortirait bientôt notre perte inévitable, c'est que supposé que le gouvernement double n'existe pas dans le sens que je viens de dire, il existe incontestablement dans un autre sens que je vais développer.

Qu'il y ait dans un état des hommes qui s'appellent les uns législateurs, parce qu'ils font les lois; les autres, administrateurs ou juges, parce qu'ils les exécutent; que ceux-ci soient prêtres, ceux-là militaires, selon l'habit qu'ils portent, et les fonctions qu'ils remplissent, tout ce mécanisme n'est que le matériel du corps social; il y faut une âme pour mettre les organes en mouvement et en harmonie. Plus les opérations de cette âme sont vives et énergiques, plus le corps a de vigueur et de santé; plus elles languissent, plus il éprouve de faiblesse; et si elles cessent tout-à-fait de se faire sentir, il tombe en dissolution. Lorsque la monarchie française commença d'être reconstituée dans la maison Capétienne, c'était le temps de la pleine féodalité; l'âme de cette monarchie était la *protection.* Les faibles se groupaient autour des moins faibles, qui se rassemblaient à leur tour sous la bannière d'un plus fort; et d'échelons en échelons on arrivait jusqu'au roi, qui tendait à protéger tout.

Mais, comme dans ce monstrueux système de la force, l'abus à chaque pas étouffait l'usage; comme la protection prétendue n'était partout qu'une oppression réelle, et qu'au lieu que l'ordre et la sécurité descendissent de degrés en degrés du monarque aux derniers sujets, l'anarchie et la terreur remontaient des sujets jusqu'au monarque, il fallut décomposer ces agrégations dans lesquelles chaque homme ne figurait que comme fraction d'un nombre, et attacher à chaque citoyen une valeur personnelle, la valeur de l'unité. Dans cette autre période de la monarchie, où s'opéra la destruction du vieux régime féodal, on peut dire que l'âme de la nation était l'*individualité* de ses membres.

Cependant les forces remises aux mains des rois pour opérer un tel bouleversement, se trouvèrent si considérables; ils eurent à disposer, soit en milices réglées, soit en impôts permanens, d'une telle masse de richesses et de puissance, que l'ambition d'étendre au loin leur empire les saisit, et, comme une fièvre contagieuse, se répandit dans le peuple. L'âme de la monarchie fut alors la *conquête.*

La conquete, par laquelle un état croit devenir plus puissant et plus riche, a pour effet ordinaire de le rendre plus faible et plus dénué. La France paya bientôt par son malaise et par ses agitations, la folie de ses guerres lointaines; les partis se formèrent dans l'état ruiné, comme les querelles dans les ménages appauvris; et la réformation religieuse, née de l'excès du scandale et des abus, vint ajouter encore à ces causes de dissentimens. Alors, à l'obéissance aveugle et stupide succéda un autre excès, celui de l'insubordination des grands; l'*insubordination* fut l'esprit dominant et caractéristique de cette époque; esprit que la politique des rois fut pourtant contrainte de flatter, parce qu'encore une fois il faut dans un état un mobile suprême, et que l'habileté consiste, non pas à se créer des moyens impraticables, mais à tirer le meilleur parti possible de ceux qu'on a.

Lorsque enfin les progrès de la civilisation et des arts eurent calmé ces troubles en adoucissant les mœurs, la nation arrivée au plus haut développement de ses facultés, se proposa pour but *la gloire*, et s'élança d'un pas de géant dans toutes les routes propres à l'y conduire.

L'affaiblissement de ce ressort, dans le siècle suivant, produisit *l'honneur*; bientôt après, la dégénération de l'honneur n'ayant plus laissé pour âme de l'état que l'insultante *vanité*, le vieux corps social tomba en ruines, et comme une nouvelle force morale, une nouvelle âme s'était formée dans la nation, la révolution naquit.

Qu'ai-je besoin d'en rappeler toutes les phases? On sait que *la liberté* alla s'abîmer dans la *domination militaire*, et ce qu'on sait aussi, c'est que des ruines de cette domination s'est formée pour le peuple français une nouvelle âme, qui ne le quittera plus; c'est que l'impérieux besoin qu'il éprouve et qu'il éprouvera plus vivement de jour en jour, est celui de l'*égalité*, assise sur la base inviolable des garanties constitutionnelles. Non, il n'y a plus d'autre ressort possible pour mettre en jeu une grande nation détrompée de tous les prestiges, et qui, attachant un prix immense au bien-être social, veut, après de longues et douloureuses expériences, qu'une sécurité inébranlable en devienne le fondement. Louis XVIII, le jour qu'il a proclamé la charte, a connu ce nouvel esprit de la nation française; tout le reste du temps ses ministres l'ont méconnu, ou plutôt ils lui ont fait une guerre constante, tantôt sourde, tantôt déclarée. Aujourd'hui le délire est à son comble, et jamais en aucun pays, jamais en aucun temps, les voies du vertige et de l'erreur ne furent parcourues avec une si déplorable rapidité. Cette nation qui a combattu huit siècles pour conquérir ses garanties légales, est mise ouvertement au régime *de l'arbitraire pur;* d'un arbitraire qu'on n'a voulu gêner par aucun lien de justice, de pudeur et d'humanité. Cette nation, affamée d'égalité civile, et qui a l'aristocratie en haine, et les priviléges en horreur, est vouée à toutes les oppressions, à toutes les insultes de l'oligarchie. On veut lui ravir ses comices et lui en créer de dérisoires; on veut, sous l'échafaudage d'une nation factice, cacher et étouffer la véritable, à laquelle la ruse et l'audace s'efforcent journellement d'échapper.

Les choses étant arrivées là, je dis que le gouvernement est double, en ce sens que le matériel seul réside dans les hommes investis de l'autorité publique; mais le moral, c'est-à-dire la mise en action du principe de vie, s'est réfugié dans la nation même. En effet, comme les ministres et leurs agens se sont constitués en opposition, contre les besoins du peuple et les promesses du roi, il n'est pas une de leurs démarches qui, par un effet nécessaire, ne tende à la décomposition sociale. Ils peuvent être fort honnêtes dans leurs relations personnelles, et dans leurs habitudes privées; mais en qualité d'hommes publics, travaillant à fausser et à violenter, par l'instrument des lois, la direction générale, leur crime est le même que celui des instituteurs qui corrompent leurs élèves, et des tuteurs qui pervertissent leurs pupilles. Aussi à moins qu'un triple bandeau ne s'épaississe sur leurs yeux, il leur est impossible de ne pas voir que le mépris public punit toutes les servitudes qui rampent sur leurs pas, et que la faveur nationale récompense toutes les fiertés qui se séparent d'eux. Voyez comme leurs alliés d'un moment rougissent de l'affront de marcher à leur suite, et trahissent l'impatience d'avoir reçu toute leur proie, pour les fouler incontinent sous leurs pieds? Qu'ils s'arrêtent donc, et qu'ils rétrogradent, s'ils ne sont pas les plus insensés des hommes;

qu'ils choisissent, entre toutes les chances de tomber, celle qui n'amène du moins que des chutes sans ignominie ; ou plutôt qu'ils rendent leur chute impossible, en marchant avec la nation.

D'UN ÉCRIT DE M. VINCENT, *l'un des pasteurs de l'église réformée de Nîmes*, intitulé : OBSERVATIONS SUR L'UNITÉ RELIGIEUSE, en réponse au livre de M. de la Mennais, intitulé : *Essai sur l'Indifférence en matière de religion, dans la partie qui attaque le protestantisme.*

L'histoire du protestantisme, en France, se sépare en deux époques bien distinctes. La première, depuis la naissance de la réformation jusqu'à l'abjuration de Henri IV, n'embrasse réellement que des discordes politiques qu'il a convenu aux partis de couvrir du nom de guerres religieuses; car il est bien avéré que les seuls ménagemens de François Ier pour Léon X empêchèrent ce roi d'adopter la réforme, vers laquelle il penchait : tout le monde sait qu'il favorisait les protestans d'Allemagne, tandis qu'il faisait périr dans les bûchers ceux de France; et il n'est pas moins certain que la seule ambition des Guises alluma les torches de la ligue, et aiguisa le poignard fanatique de Jacques Clément.

Mais lorsque l'établissement de Henri IV sur le trône eut fait succéder pour les protestans une paix réelle à tant de paix simulées, pendant lesquelles s'étaient méditées à loisir et exécutées plus commodément les Saint-Barthélemi; lorsque l'état renferma dans son sein deux cultes avoués, l'un en possession de toutes les grandeurs et de toutes les grâces, l'autre toléré seulement, et néanmoins objet continuel d'alarmes et d'inimitié pour la religion dominante, les protestans français, et c'est là ce qui constitue la seconde époque de leur histoire, cessèrent d'être une puissance politique; car je ne puis voir l'œuvre d'une puissance dans quelques restes d'agitations facilement apaisées par le génie prudent de Richelieu, et ce fut comme secte que dès lors ils devinrent en butte aux ardentes persécutions du clergé.

Il appartient aux historiens de juger, abstraction faite de toute considération religieuse et uniquement dans ses conséquences morales, l'abjuration de Henri IV. Il leur appartient d'examiner, toujours en déclarant que les actes de la conscience sont hors du domaine de la critique, si les condescendances des meilleurs rois pour la tyrannie des factions ne sont pas d'éternelles semences de troubles et de calamités, et si les grandes difficultés de position ne veulent pas être franchement surmontées par la persévérance dans une marche fixe, et dans des principes invariables. Ce qui ne peut être révoqué en doute, c'est le funeste avantage que le clergé romain tira de l'acte d'abjuration de Henri, pour dévouer les protestans aux proscriptions le plus sanglantes; la destruction des hérétiques devint un dogme converti en serment au sacre de nos rois. Bossuet, et après lui tous les théologiens, professèrent que la charité chrétienne n'existait que dans la foi; et enfin, M. l'abbé de la Mennais a récemment écrit contre l'indifférence en matière de religion, un gros livre dont les dangereuses doctrines viennent d'être réfutées par M. Vincent, avec autant de solidité que de modération.

M. Vincent prouve, de la manière la plus victorieuse (et l'expérience parle encore plus haut que sa logique), que tous les moyens d'obtenir cette unité religieuse à laquelle M. l'abbé de la Mennais demande au gouvernement de nous ramener, pendant qu'il est en train d'organiser la charte, aboutissent aux rigueurs et à la violence; moyens également condamnés par les lois humaines et par les divins enseignemens des saintes écritures. Cette nécessité de rigueurs et de violence, M. l'abbé de la Mennais ne la nie pas, mais il l'explique ainsi, page 84 : « L'Église, souverainement intolérante pour les erreurs, ne prononce contre les personnes que des peines spirituelles! » En effet, c'était des peines purement spirituelles que l'inquisition prononçait; tous ces auto-da-fé dont on a fait tant de bruit, n'étaient point son ouvrage; ils étaient ordonnés par l'autorité civile; et quand l'inquisition livrait au bras séculier les victimes, c'était avec cette formule sacramentelle : « Ne leur faites point de mal. » Quelle douceur évangélique! Eh bien, M. l'abbé de la Mennais n'en demande pas davantage.

Mais il ne faut pas que les indifférens, les philosophes, les athées, car tout cela est synonyme, abusent de cette extrême indulgence de l'église jusqu'à la persécuter elle-même. Oui, l'église est persécutée, c'est M. l'abbé de la Mennais qui nous l'apprend : « Aujourd'hui, dit-il, p. 155, l'opinion penche vers l'indifférence universelle. Les gouvernemens la favorisent de tout leur pouvoir; et, chose inouïe, s'efforcent d'entraîner le christianisme dans ce système, nouveau genre de *persécution* dont nous sommes loin de connaître encore tous les effets. » La réponse de M. Vincent est fort belle, sans être à beaucoup près aussi véhémente qu'elle pourrait l'être : « Est-il concevable, s'écrie dans sa juste indignation ce pasteur du sanglant troupeau de Nîmes, est-il concevable que ces hommes qui se prétendent les seuls défenseurs de la religion pure, se déclarent persécutés depuis qu'ils ont perdu le pouvoir de persécuter les autres? On ne le croirait point aujourd'hui si l'on ne le voyait de ses yeux, si l'on ne l'entendait de ses oreilles. Votre religion est persécutée! révélez donc à la France la véritable nature de cette persécution. Votre culte est-il interrompu? vos cérémonies sont-elles interdites? vous est-il défendu de prêcher, d'exhorter, et d'instruire? tout le bien qu'un prêtre chrétien peut faire par son zèle, par ses lumieres, par sa douceur, et par sa piété, n'est-il pas toujours sous votre main? la presse vous est-elle fermée pour vous défendre quand votre croyance est attaquée? si vous possédez réellement la vérité, et la seule vérité, cette arme irrésistible n'est-elle pas toujours en votre puissance pour la faire briller aux yeux de ceux qui n'en ont point encore senti le pouvoir? n'avez-vous pas déjà des armées dont les expéditions fréquentes vont porter dans tous les coins de la France ce que vous appelez les lumières et la piété? Que vous manque-t-il donc? quel est cette persécution d'un nouveau genre qui vous arrache de si hauts cris? Mais on examine la vérité; mais on ne vous croit plus sur parole; mais les protestans ont la liberté de prier Dieu et d'élever leurs enfans; mais vous n'avez pu révoquer la charte comme vous avez révoqué l'édit de Nantes; mais vous n'exercez pas sur la cour d'un roi vraiment grand l'empire que vous exerciez jadis sur la cour d'un roi qui prétendait l'être; mais vous ne chassez plus de leurs foyers d'industrieux et paisibles pères de famille, pour vous partager leurs biens; mais vous ne disposez plus des Saint-Barthélemi et des dragonnades : et voilà la persécution dont vous gémissez; voilà les dangers dont votre esprit effrayé ne peut calculer les conséquences. Oui, vous avez raison : si vous ne possédez pas cette vérité unique et éternelle dont vous prétendez être les seuls dépositaires, jamais vous n'avez couru de plus grands dangers. L'on examine vos titres, et l'on peut prendre le christianisme ailleurs que dans vos absurdes traditions; vos craintes sont légitimes, et l'énergie de vos expressions nous prouve que vous le sentez aussi bien que nous. »

Ce qu'il y a de remarquable, c'est que le véritable indifférent en matière de religion, c'est M. l'abbé de la Mennais lui-même, qui ne voit guère dans la religion qu'une affaire de gouvernement et d'hiérarchie sacerdotale, et dont tous les argumens relatifs à l'immobilité des croyances, peuvent s'appliquer au culte de Jupiter comme aux dogmes de Jésus-Christ; aussi professe-t-il la plus haute admiration pour les Athéniens et pour les Romains, qui juraient de maintenir sans altération les idées religieuses de leurs pays. Peu s'en faut qu'il n'attaque le christianisme comme destructeur de l'ancienne religion accréditée dans l'empire. C'était ainsi que Gibbon, devenu fougueux ennemi de la révolution française, écrivait à lord Scheffield : « L'église primitive dont j'ai parlé un peu familièrement était une innovation; et j'étais attaché à l'ancien établissement du paganisme. »

DE LA DISCUSSION SUR LA LOI D'ÉLECTIONS.

Charlemagne, qui rétablit en France les assemblées nationales, que les maires du palais avaient abolies, Charlemagne avait coutume de sceller avec le pommeau de son épée les ordres absolus qu'il adressait aux Saxons : *voilà mes volontés*, disait-il à ses agens, *et*, montrant la pointe du glaive, *voici*, ajoutait-il, *ce qui les fera respecter*. Nos ministres ne sont pas des Charlemagne, et le titre de grand n'est pas, sans doute, celui qu'ils espèrent. Je ne crois pas même qu'ils veuillent, avec la nouvelle loi d'élections, créer une classe privilégiée qui, seule, jouirait d'assemblées nationales; qui, seule, serait française, et abaisser le peuple français au sort de ces pauvres Saxons, réduits à baiser le pommeau, ou à périr à la pointe de l'épée.

Si les ministres eussent possédé une majorité dans les chambres, ils auraient présenté un système d'élections ministérielles; mais il n'ont pu organiser de majorité qu'au profit du côté droit; aussi la loi discutée est-elle entièrement oligarchique. Depuis long-temps il était arrêté que la forteresse électorale serait assiégée; M. Decazes voulait capituler, M. Siméon se rend avec armes et bagages; l'aristocratie va s'emparer de la place, et les libertés françaises, qui y vivaient sous la sauve garde de la loi de 1817, y seront retenues prisonnières par la nouvelle garnison.

Cependant, il ne faut pas s'y tromper, les ministres n'exécuteront pas la loi qu'ils veulent créer, avec plus de franchise qu'ils n'ont exécuté celle qu'ils veulent détruire. Ils espèrent gagner dans l'exécution ce qu'ils perdent dans le texte du nouveau projet. Quelle bizarre contradiction ! Dans tous les gouvernemens du monde, la loi est l'ouvrage du pouvoir; c'est aux gouvernans à l'appliquer avec justice, c'est aux gouvernés à l'éluder avec adresse. En France, au contraire, depuis six ans, c'est le peuple qui veut accomplir la loi, c'est le magistrat qui l'élude. La raison en est simple : je l'eusse dite à Jacques II n'eût été Jeffersey, je l'eusse dite à Richelieu n'eût été Laubardemont. Mais aujourd'hui, grâce aux lois d'exception, je ne la dirai, Dieu merci, à personne; et Fontenelle, qui, la main pleine de vérités, n'en laissait tomber aucune, Fontenelle vivrait dans un siècle fait exprès pour lui seul. Je ne sais quel roi d'Angleterre avait ressuscité une loi de je ne sais quel empereur, qui défendait, sous peine de mort, de prédire la mort du monarque régnant. Ce roi tomba malade. Un médecin fut appelé; il n'osa ordonner aucun remède, de peur que le *système interprétatif* ne conclût de la nature du médicament que la maladie était mortelle; et il n'osa déclarer que le roi mourrait s'il ne prenait aucun remède, de peur que le *système direct* n'en conclût qu'il avait prédit la mort du roi. Ce prince mourut pour avoir remis en vigueur une mauvaise loi romaine. Nos ministres feront comme lui : deux lois d'exception les autorisent à jouer une espèce de *colin-maillard* politique, et tandis qu'ils vont à l'*aveuglette*, douze censeurs empêchent qu'on les sauve des *casse-cou*, et les tribunaux condamnent ceux qui leur crient *pot au noir!* Les écrivains, s'ils sont sages, feront comme le médecin anglais, et ils attendront que le ministère soit mort pour prédire qu'il mourra.

Il n'est pas de discussion qui permette moins de réflexions aux écrivains que celle de la loi des élections, tout a été dit avec une supériorité de talent qui ne laisse pas l'espoir de mieux dire ; il ne reste qu'à rappeler les débats de la tribune ; les écrivains ne sont que l'écho de leur siècle ; aujourd'hui ils ne peuvent être que l'écho de la tribune. Je laisse à penser ce qu'ils seront lorsque la session sera terminée.

La discussion est ouverte par M. le général Foy ; il rappelle les divers systèmes d'élections qui depuis l'empire ont dirigé la France : il défend la loi de 1817, il attaque la loi nouvelle avec une force de raison qui devrait laisser peu d'espoir à ses adversaires, si la justice était l'unique juge de ces débats.

« La candidature du projet, ajoute l'orateur, constitue le despotisme, non d'un homme, mais d'une classe ; ce qui est infiniment moins tolérable. Cette candidature date de nos jours de malheur, du temps où les soldats de l'Angleterre bivouaquaient dans les champs Élysées, et où une batterie prussienne, placée au débouché du Pont-Royal, insultait à la dignité de notre roi. Cette candidature nous a été donnée par l'ordonnance du 15 juillet 1815, ordonnance rendue en dehors de la charte et avec la volonté explicite de la violer. Cette candidature est contemporaine des adjonctions arbitraires et des proscriptions préparatoires ; je n'ai plus, à ce sujet, qu'un souvenir à exhumer ; mais ce souvenir est fécond en rapprochemens. L'ordonnance du 15 juillet est contre-signée par M. le ministre des affaires étrangères, alors garde des sceaux, et tenant par intérim le portefeuille de l'intérieur. Trois mois n'étaient pas encore écoulés depuis qu'il y avait apposé sa signature, et déjà lui et ses collègues fuyaient devant un parti triomphateur. La chambre de 1815 était inaugurée.

» Au reste, quel que soit le mérite ou le vice de telle ou telle combinaison électorale, on avait cru jusqu'à ce jour que le vœu d'une assemblée ne pouvait s'entendre que du vœu de la majorité; aujourd'hui, messieurs, le contraire est proclamé dans le projet de loi, comme pour montrer qu'aucune absurdité n'est inaccessible au délire des partis.

» Mais des voix patriotiques se sont fait entendre, et leurs paroles méritent d'être recueillies. Il est des hommes modérés aux yeux desquels la liberté serait un fléau, si elle ne se présentait pas comme l'élément le plus direct et le plus immédiat de l'ordre public. On est parvenu à leur faire croire que le trône est en péril, et que la sécurité de tous est compromise. Ils ont dit : Bien que la loi nouvelle soit tissue d'absurdités et de fraude, prenons-la comme un remède aux maux présens, nous retournerons à la loi du 5 février dans les jours meilleurs.

» Et moi, je leur dis que ces jours meilleurs ne viendront jamais. Ils ne viendront pas quand la charte sera violée et la nation remplacée sous le joug du privilége. Et savez-vous, messieurs, ce qui sera tenté ? ce qui arrivera à l'époque très-prochaine où une faction, ayant obtenu la majorité dans cette chambre, disposera, sans encombre et sans partage, des ministères, du trésor et de la force armée? Croyez-vous qu'aucun droit acquis sera sacré pour ceux qui ont des biens, ou au moins de copieuses indemnités à recouvrer et une existence politique à rebâtir? Croyez-vous que ce seront les sages d'entre eux qui gouverneront les autres? Voulussent-ils aujourd'hui la domination, ils seront conduits à vouloir la contre-révolution demain! Un moment arrive où il n'y a plus de halte possible sur le chemin des abîmes.

» Mais il faut le dire aux hommes timides, afin qu'ils n'apprennent pas trop tard à leurs dépens, que la peur est une mauvaise conseillère. Si les complots de l'aristocratie sont flagrans, la résistance aussi sera terrible, et le projet de loi lui-même organise cette résistance. Ne voyez-vous pas qu'il ne retranche pas impunément de l'ordre politique les supériorités des faits constatés par les votes des citoyens? Ne voyez-vous pas que l'opinion, dès long-temps aigrie, va chaque jour s'aigrissant davantage? Ne voyez-vous pas qu'on tend à opposer les colléges d'arrondissement aux colléges de département, les candidats de la majorité aux élus de la minorité, les hommes nationaux aux hommes de privilége? deux nations, deux camps, deux bannières, voilà ce que vous donne le projet de loi. »

Au général Foy succède M. de la Bourdonnaye. Le long discours de l'orateur de la droite prouve l'excellence du projet de M. Lainé, et les deux preuves qu'il offre suffiraient pour détruire le système qu'il soutient. « La loi, dit-il, recompose la grande propriété, et s'oppose à la révolution qui nous menace. » Il y a là plus d'erreurs que de mots; une loi d'élections ne crée point de grandes propriétés, mais des priviléges en faveur des grands propriétaires. Pour recomposer les grandes propriétés, il faut détruire nos lois sur les successions, ou du moins fonder des majorats électoraux inaliénables. Il n'y a pas en France de clerc de notaire qui n'ait sur cet objet des idées plus saines que M. de la Bourdonnaye. Quant à la nécessité de s'opposer à la révolution, c'est l'inépuisable lieu commun du côté droit. Au point où nous en sommes, il faut laisser faire. Qu'on déchaîne les vents: ceux qui rentreront au port après l'orage ne seront pas sans doute ceux qui auront excité la tempête.

A M. Hernoux succède M. de Castelbajac. Sa logique égale celle de M. la Bourdonnaye. Il faut, dit-il, abolir la loi de 1817, parce qu'elle a produit un régicide. Est-ce un fait? il est faux. Est-ce un raisonnement? il est de la force de celui-ci: Il faut détruire le christianisme, parce qu'il est cause du massacre de cinquante millions d'individus.

M. le comte Français fait succéder à cette manière de raisonner une logique plus puissante, parce qu'elle est plus raisonnable. Je prendrai peu de passages des discours du côté gauche, parce que ces discours recueillis doivent bientôt paraître, mais je ne puis résister au désir de citer ce qui m'a semblé le plus frappant de vérité et de laconisme. M. Français, après avoir dissipé toutes les illusions dont on enveloppe la loi nouvelle, attaque les ministres dans leur dernier retranchement : « Ne serait-il pas, demande-t-il, ne serait-il pas plus franc de dire : Le gouvernement représentatif ne va pas à cette nation ; on a fait de trop grandes concessions par la charte, on s'en repent; on veut une cour plénière et le pouvoir arbitraire? » Mais comme il y aurait de la maladresse dans un tel aveu, on veut bien conserver quelques formes, adoucir ce qu'il y aurait dans ces paroles de trop franc et même de sauvage; on veut que la chute soit douce, graduelle, et qu'on se trouve mollement au fond de l'abîme, sans s'être même aperçu qu'on soit descendu.

» Avec un tel système, doit-on considérer le retour de 1816 comme une chose impossible à réaliser, ou même à prévoir? serions-nous destinés à revoir ces jours dont on ne peut trouver d'exemple et de modèle que dans ceux de 1793?

» Avec une telle chambre, on introduira le dogme de la souveraineté dont il est question dans le premier projet, ou simplement celui de la jurisprudence parlementaire qui est indiqué dans le second.

» On dira que, jusqu'à présent, on a mal compris la charte, que tout ce qu'on peut désirer s'y trouve, et qu'il ne s'agit que d'y bien chercher et de la bien comprendre. Suivre la charte littéralement sera traité de superstition, d'idolâtrie. Se livrer à toutes les combinaisons d'un système sans limites et d'une autorité sans frein, sera le véritable, le seul culte dont on vantera l'orthodoxie.

» Faire la contre-révolution avec les principes et les élémens de 1788 est une niaiserie; mais faire la contre-révolution avec la charte même qui a consacré les droits acquis par la révolution, cela est plus piquant, cela paraîtra d'une extrême habileté.

» On s'étaiera d'un article de la charte pour suspendre les

pouvoirs qu'elle institue pour la sûreté de tous ; d'un autre article pour le rétablissement des cours prévôtales ; d'un autre pour expliquer avec plus de naïveté ce qu'on entend par la religion de l'état ; on tirera toutes les conséquences d'une franche explication : on trouvera ailleurs un germe qui, échauffé et fécondé par la souveraineté parlementaire, pourra produire des exils et des proscriptions, moyens par lesquels le pouvoir accrédite ses adversaires en se ruinant lui-même.

» Le ministère désire changer la loi électorale, parce qu'il craint de trouver dans un nouveau cinquième des censeurs sévères du système qu'il persiste à suivre ; mais qu'il change de système, et tous les suffrages le soutiendront. »

M. de Bonald, troisième orateur de la droite, après avoir fait précéder son opinion de quelques prolégomènes sur la possibilité d'introduire des changemens dans la loi fondamentale, déclare que la loi proposée n'offre pas à beaucoup près les garanties que la société pourrait désirer, ce qui prouve qu'il fallait la rejeter et non la défendre. Il ajoute que la loi de 1817 est devenue *funeste* comme le lieu où notre infortuné prince a été frappé, comme si cent mille électeurs étaient complices de Louvel, et comme s'il fallait abroger une loi par le même motif qui fait fermer une salle d'opéra. Voilà ce que devient la raison, lorsqu'elle passe par la bouche de M. de Bonald.

M. Josse, qui défend les doctrines de M. de Bonald, n'est pas indigne de marcher à sa suite ; il affirme que la loi de 1817 fait des grands propriétaires une classe d'ilotes politiques. Ces pauvres ilotes étaient seuls éligibles ; mais M. Josse pense qu'ils seront esclaves jusqu'à ce qu'ils soient les seuls éligibles et les seuls électeurs. Tout le discours de M. Josse est de cette force, et il finit en déclarant qu'avec la loi du 5 février 1817, la multitude qui ne conçoit la liberté qu'avec les prisons, le bonheur qu'avec les échafauds, finirait par être admise au partage du gouvernement. Ainsi, pour abolir notre système électoral, on représente nos colléges comme des clubs, et nos cent mille plus imposés comme des jacobins. Dieu soit loué, et M. Josse!

M. le marquis de Montcalm suit de près M. Josse; il pose en principe que les connaissances sont en raison directe des richesses, et qu'ainsi les plus riches étant les plus instruits, sont les seuls qui doivent participer au gouvernement. C'est un raisonnement de fermier-général, il ne pouvait faire fortune qu'auprès de ceux qui soupaient chez Turcaret. Voici un exemple qui convenait mieux : Un Rohan demandait un archevêché; il ne savait pas lire. Mais il était de si bonne maison, qu'on affirmait que le pape devait en faire un archevêque lors même que ce Rohan ne saurait pas le *pater*. Si M. de Montcalm avait jeté les yeux sur les Annales du monde, il aurait vu que la science n'est pas compagne de la richesse, et que les dix-neuf vingtièmes des hommes célèbres qui ont illustré le genre humain, ne seraient aujourd'hui ni éligibles, ni électeurs; car ils avaient à peine de quoi vivre.

Je n'ai rien dit des excellens discours de MM. Dumeilet et Legraverend. Je garderais aussi le silence sur celui de M. Admyrault, l'un des meilleurs qui aient été prononcés; mais le sentiment de probité politique, mais le patriotisme profondément éclairé, profondément senti qui ont déterminé cet honorable député à s'asseoir malgré lui sur les bancs de l'opposition, est digne d'être apprécié par tous les bons citoyens. « Je n'examinerai pas, a-t-il dit, ce système d'opposition dont on fait si gratuitement les honneurs à ceux des honorables amis avec lesquels je vote. Ce n'est ni par choix, ni par goût que je me trouve dans cette situation; je gémis sur les erreurs qui m'y ont jeté; et ce n'est pas pour suivre une ligne aussi opposée à mes principes, que j'avais consenti à reparaître dans cette enceinte. » Une telle profession de foi ne fait pas seulement honneur à M. Admyrault, au côté gauche, à l'opposition ; elle honore la France, et fait voir à l'Europe de quel côté est l'amour du pays, du trône, et de la stabilité.

M. Pasquier est demeuré au niveau de tous les orateurs de droite. « Les fonctions électorales, a-t-il dit, peuvent être divisées, puisqu'elles l'ont été pendant quinze ans. » S. Exc. a confondu la charte avec les constitutions de l'empire, et veut exécuter celle-là comme celles-ci. Les autres raisonnemens sont dignes de celui que je rapporte. Je ne les discuterai pas cependant, parce qu'il existe une certaine loi sur la liberté individuelle, et que je n'aime pas à interroger par la parole les hommes qui peuvent me répondre par la prison.

M. Royer-Collard monte à la tribune après M. Pasquier. Il serait difficile de faire dignement l'éloge du discours qu'il a prononcé; la tribune en gardera le souvenir. Si elle a retenti quelquefois d'accens plus passionnés, plus véhémens, jamais elle n'a donné à la raison plus de force et plus de profondeur. On peut en juger par les passages suivans.

« Que chacun le reconnaisse, messieurs : notre sol politique, si long-temps le domaine du privilége, a été conquis par l'égalité, non moins irrévocablement que le sol gaulois le fut autrefois par le peuple Franc. Le privilége est descendu au tombeau; aucun effort humain ne l'en fera sortir, il serait le miracle impossible d'un effet sans cause, il ne pourrait pas rendre raison de lui-même.

» La loi qu'on nous propose serait en vain votée, en vain quelque temps exécutée ; les mœurs publiques la fatigueraient, la consommeraient, l'éteindraient bientôt par leur résistance ; elle ne règnera pas, elle ne gouvernera pas la France. Le gouvernement représentatif ne nous sera pas enlevé; il est plus fort que les volontés et les desseins de ses adversaires. Avec un 18 fructidor on déporte les hommes ;

les lois fondamentales du pays, quand elles sont le principe de vie, ne se laissent pas déporter.

» Vous vous débattez en vain ; vous êtes sous la main de la nécessité ; tant que l'égalité sera la loi de la société, le gouvernement représentatif vous est imposé dans son énergie et sa pureté ; ne lui demandez pas de concessions, ce n'est pas à lui d'en faire. Le gouvernement représentatif est une garantie ; et c'est le devoir des garanties de se faire respecter et de dominer toutes les résistances. Qu'on ne s'étonne donc pas, qu'on ne s'indigne pas de ce qu'il se montre partial envers la société nouvelle, car il existe pour faire triompher la charte.

» Voulez-vous qu'il vous appelle? Embrassez sa cause, défendez le droit contre le privilége. L'amour est le véritable lien de la société ; étudiez ce qui attire cette nation, ce qui la repousse, ce qui la rassure, ce qui l'inquiète ; en un mot relevez d'elle, soyez populaire, c'est depuis huit siècles le secret de l'aristocratie anglaise.

» Les craintes qui ont conseillé et qui excusent dans quelques esprits la destruction du gouvernement représentatif ne m'étonnent point, mais je ne saurais les partager. Qu'elle vienne, cette faction à laquelle nos libertés doivent être immolées, que les portes de la chambre s'ouvrent devant elle ; qu'elle remplisse cette enceinte, et tandis qu'elle agitera sa turbulence et qu'elle exhalera ses desseins dans les limites de nos attributions si peu offensives, exposée au grand jour de la publicité, trahie par les fautes qu'il est impossible à une faction de ne pas commettre ; qu'ici, à cette tribune, un ministère digne du roi et de la France l'accuse en face, et son imposture sera confondue : que, s'il en est besoin, ce ministère donne au monarque le noble conseil de se fier à ses peuples et de les prendre à témoin entre lui et les ennemis déclarés de sa couronne ; la France, n'en doutez pas, la généreuse France entendra cet appel, et elle saura y répondre. Non, la France ne veut pas que le roi rende son épée ni soit prisonnier des factions, quelles qu'elles soient.

» Les fleuves ne remontent pas vers leur source ; les événemens accomplis ne rentrent pas dans le néant ; une sanglante révolution avait changé la face de notre terre ; sur les débris de la vieille société, renversée avec violence, une société nouvelle s'était élevée, gouvernée par des hommes nouveaux et des maximes nouvelles. Comme tous les peuples conquérans, cette société était barbare ; elle n'avait pas trouvé dans son origine, elle n'avait acquis dans l'exercice immodéré de la force, le vrai principe de la civilisation. La légitimité qui seule en avait conservé le dépôt, pouvant seule le lui rendre, elle le lui a rendu ; avec la race royale, le droit a commencé à lui apparaître ; chaque jour a marqué son progrès dans les esprits, dans les mœurs, dans les lois. En peu d'années, nous avons recouvert les doctrines sociales que nous avions perdues ; le droit a pris possession du fait, la légitimité du prince est devenue la légitimité universelle. Comme elle est la vérité dans la société, la bonne foi est son auguste caractère ; on la profane si on l'abaisse à la déception, si on la ravale à l'astuce. La loi proposée fait descendre le gouvernement légitime au rang de gouvernement de la révolution, en l'appuyant sur le mensonge ; je la rejette. »

M. Siméon a voulu répondre à M. Royer-Collard. Il a voulu faire peur d'une révolution future ; mais si la terreur est un ressort puissant au théâtre, elle est d'un faible secours à la tribune contre une raison éloquente. Aussi, lorsque le ministre s'est écrié : « Assurez à la France une représentation prise parmi des hommes qui s'appliquent à faire sentir à la France qu'elle est la plus heureuse des nations qui couvrent la surface du globe, » les spectateurs ont involontairement souri, croyant qu'on demandait que de nouveaux Pangloss vinssent apprendre à de nouveaux Candides que tout était pour le mieux dans le meilleur des mondes.

Je ne dirai rien des discours de M. Chabron, de M. Cornet-d'Incourt, et de M. Barthe-Labastide ; ils n'ont pas même été de la force de celui de M. de Castelbajac. Je ne dirai qu'un mot de celui de M. Martin de Gray : l'orateur, après avoir terrassé les orateurs de la droite : « Vous parlez toujours de factieux, a-t-il ajouté, livrez-les à la vengeance des lois, ou vous resterez sous le poids d'une épouvantable calomnie. — Nous vous demandons que ces faits soient mis au grand jour ; nous demandons une enquête. — On la fera, répond M. de Marcellus. — Vous ne la ferez point, ajoute l'orateur, pas plus que vous n'en avez fait sur les horribles événemens qui ont ensanglanté Lyon et Grenoble ; vous ne la ferez point, parce que vous y trouveriez votre condamnation. » Ce peu de mots suffira pour prouver que M. Martin de Gray connaît à fond la politique des adversaires de nos libertés.

M. de Corcelles a, du haut de la tribune, proféré contre la France de sinistres prédictions. Je ne rapporterai point ce beau passage, qui se trouve cité ci-après au chapitre des *Conspirations*.

Une grande réputation est parfois un grand fardeau. M. de Villèle semble succomber sous la sienne ; il appelle à son secours Athènes, Rome, l'Angleterre, et finit par où M. de la Bourdonnaye avait commencé ; il ne se rend point garant de la loi nouvelle, mais il est l'ennemi de l'ancienne ; il sape ce qui existe, et ne répond pas de ce qu'on va mettre à la place de ce qu'on détruit. Tels sont nos législateurs. Nous porterons la peine de leurs expériences, et l'avenir se rira de leurs discours. Celui de M. de Villèle avait été d'avance réfuté par tous les orateurs du côté gauche ; il venait de l'être par M. Laisné de Villévêque, et il l'a été ensuite par un député, que la force des circonstances, l'empire de son devoir et les périls de la chose publique, ont pu seuls amener dans les rangs de l'opposition. M. Ternaux a sondé l'abîme, et il a reculé d'effroi. Puisse son exemple être imité par ceux dont il a long-temps partagé les sentimens !

M. Bourdeau succède à la tribune à M. Ternaux. Je ne sais si l'orateur s'était trompé de manuscrit ; mais il semblait réciter un réquisitoire, et non un discours. C'est avec plaisir que je combats des sophismes : quant aux accusations sans preuve, sans probabilité, sans vraisemblance, qu'on ne débite que comme lieux communs : Absurdité et déclamation, me dis-je; si ces faits, même sans être prouvés, étaient probables, ce n'est pas à la tribune, c'est devant les tribunaux que M. Bourdeau aurait pris la parole. Ces discours seraient bons, si les tribunes avaient droit d'applaudir ou d'improuver; on pourrait essayer leur effet : sur des hommes sensés les incriminations ne sont que ridicules. Aussi M. Guittard a-t-il eu moins de mérite à réfuter les contes de M. Bourdeau, qu'il n'en a montré à signaler par des faits avérés, authentiques, les meneurs du parti contre-révolutionnaire.

On a déjà fait observer que les plus grands propriétaires de France se sont élevés contre les priviléges qu'on veut octroyer à la grande propritété. J'ajouterai qu'il est difficile de penser que des hommes qui tiennent si fortement au sol, puissent désirer que le sol tremble. On nous nomme des révolutionnaires; je ne sais s'il en existe : mais qui peut gagner aux révolutions? Est-ce des millionnaires? Ils ne peuvent que perdre. Ceux qui ont fait fortune en demeurant en France, ont plus besoin de stabilité que ceux qui y sont rentrés sans un écu.

Plusieurs députés, qui, par leur rang d'inscription, ne pouvaient espérer de s'ouvrir la tribune, ont publié leurs opinions. On remarque un ouvrage de M. Benjamin Constant, député de la Sarthe; il a pour titre : *des Motifs qui ont dicté le nouveau projet de loi sur les élections.* Dans le nombre des passages, tour à tour ingénieux ou profonds, on distingue le portrait de MM. Decazes, de Richelieu et Lainé. Nous citerons le dernier, et le public jugera de sa ressemblance.

«Peut-on croire que M. Lainé favorise sérieusement les projets des contre-révolutionnaires? Né dans la classe intermédiaire, parvenu par une éloquence toujours facile, quelquefois touchante, à une place élevée, dans une profession qui, jadis, n'avait rien de commun avec la carrière et les prétentions des privilégiés, administrateur, dit-on, sous la république, et certainement législateur sous l'empire, n'est-il pas lié à tous les intérêts que la révolution a créés et que la charte consacre?

»S'il s'agissait d'un homme ordinaire, ou d'un homme corrompu, ma réponse serait courte. Ce que, dans le langage de la révolution, l'on appelle des gages, c'est-à-dire les conclusions que l'on tire de la situation antérieure, et des engagemens ostensibles, sont de toutes les garanties, les plus équivoques et les plus trompeuses. Nous avons vu des forcenés de la convention, des suppôts de l'anarchie, de vils flatteurs de l'empire, se jeter dans la fange contre-révolutionnaire, offrir à une faction autant de crimes ou de bassesses futures qu'ils avaient à en expier dans le passé, et grâce à ce trafic de férocité ou d'infamie, mériter un accueil gracieux de leurs nouveaux maîtres.

»Mais M. Lainé ne doit pas être confondu avec cette tourbe vénale et sanguinaire. Il possède incontestablement des talens distingués. Ses amis lui attribuent des qualités fort estimables. Ceux qui ont eu occasion de le voir à des époques importantes ne peuvent lui refuser quelque chose qui séduit et qui impose.

» Je suis de ce nombre, et malgré le dissentiment de nos opinions, malgré le mal affreux qu'aujourd'hui, selon moi, M. Lainé fait à la liberté et à la France, j'éprouve du regret de me voir forcé à le juger sévèrement.

» Mes relations avec lui ont été courtes. Mais elles ont suffi pour laisser dans ma mémoire de profondes traces. Il s'est montré à mes yeux dans un moment de crise, souvent passionné, ombrageux, frappé d'alarmes imaginaires, qui l'aveuglaient sur des dangers réels. Mais je l'ai vu courageux et dévoué. Or, le dévouement et le courage sont des choses si rares, qu'aucun dissentiment d'opinion ne m'empêchera de leur payer un tribut d'éloges. M. Lainé a bravé le vainqueur, mais en restant sur le sol français : et s'il a provoqué la guerre civile, ce qui peut être un droit, dans quelques circonstances, il n'a jamais fait ce qui est toujours un crime; il n'a point mendié de l'étranger contre son pays, l'invasion, le carnage et l'incendie.

» Aussi j'ai constamment repoussé, avec dégoût et répugnance, ces accusations empruntées de temps antérieurs, accusations dont il avait trop imprudemment donné l'exemple contre d'autres, et sur lesquelles je dois le dire, il s'est faiblement justifié. Ces accusations m'étaient importunes. Je ne voulais pas qu'on vînt me gâter un caractère que j'avais aimé comme noble et intrépide. Je ne voulais pas voir dans le président courageux de la chambre des députés de mars 1815, je ne sais quel agent d'un comité redoutable, et je ne sais quel fonctionnaire de Cadillac : et je me suis toujours félicité, je me félicite encore de ce que mon ignorance sur certains faits permet à mon estime de demeurer intacte.

» Mais, en m'attachant ainsi à des souvenirs qui me sont précieux, je dirai cependant que de tous les hommes qui pouvaient s'emparer de la direction de nos destinées, M. Lainé était le plus dangereux.

» A côté des qualités que je lui reconnais, l'on remarque en lui une véhémence d'impressions, une tendance à une exaltation presque fanatique, un enivrement de paroles retentissantes, et de prophéties lugubres, que les événemens ont dirigés, au moins, depuis six années, contre tous les intérêts que la révolution a créés.

» J'ignore à quelle époque la conscience de M. Lainé s'est soulevée en secret contre le despotisme impérial. Membre du corps législatif de Bonaparte, il avait supporté longtemps la tyrannie du maître du monde, lorsque la fameuse adresse présentée à ce conquérant revenu de Moscou, attira sur ses rédacteurs des menaces qui semblaient annoncer la proscription. Retiré à Bordeaux, M. Lainé contribua, comme on sait, à la restauration de 1814. Président de la chambre des députés, il exerça toute son influence en faveur des lois contre la liberté de la presse, lois qui donnèrent le signal du mécontentement, avant-coureur du 20 mars. Dans cette grande crise, M. Lainé se crut assez fort pour opposer, par son éloquence et son courage, une digue au torrent qui reportait Napoléon sur le trône. Les fautes de la cour, le départ du roi, rendirent tous ses efforts inutiles. Peut-être à la douleur patriotique du citoyen, se joignit alors la vanité blessée du président et de l'orateur. Cette vanité flattée ensuite à Bordeaux dans un sens contraire, acheva d'enraciner dans son âme la haine de tout ce qui lui rappelait une révolution qui l'avait humilié. Ce fut avec ces impressions qu'il reparut en 1815 sur la scène politique. Sans les outrages dont l'abreuva la faction contre-révolutionnaire, il ne se fût point séparé d'elle. Ces outrages le réunirent un instant à M. Decazes, et lors de l'établissement du système électoral que l'on veut détruire, il se déclara en faveur de ce système. Mais ce retour à des idées nationales ne fut que passager, et il ne tarda pas à conspirer l'anéantissement de son propre ouvrage.

» Lors de la proposition de M. Barthélemi, il favorisa cette première tentative contre la loi protectrice de nos droits, et depuis cette époque, ceux qui ont voulu nous en dépouiller ont toujours vu en lui leur plus puissant auxiliaire et leur principal espoir.

» Avec ces dispositions, M. Lainé, j'en suis convaincu, ne se croit point un contre-révolutionnaire. Ceux qui préparent la contre-révolution, comptent sur lui, le flattent, l'entraînent. Les duchesses lui sourient, les vicomtes lui serrent la main, et il éprouve quelque plaisir à promener son austérité à travers des salons dont il s'imagine que ni la pompe ne l'éblouit, ni l'atmosphère ne l'enivre. Flatté d'être admis dans la classe orgueilleuse, il aime à la dire menacée pour avoir l'avantage de la protéger, au lieu de subir la faveur d'y être reçu. Le sentiment de son courage au sein de ces prétendus périls, excuse à ses yeux les jouissances de son amour-propre. Il ne s'aperçoit pas que les éloges mêmes qu'on lui donne portent ce cachet d'aristocratie, qui accorde plutôt les supériorités intellectuelles que l'égalité sociale, parce que, dans l'opinion de la caste, ces supériorités sont des accidens, tandis que la distinction des rangs est un droit. Quand l'aristocratie a besoin d'un plébéien, elle le loue pour expliquer dans quel but elle l'admet, et, en motivant ainsi l'admission, elle se lave de la mésalliance. Lorsque la contre-révolution sera faite, lorsque M. Lainé sera l'objet de l'insolence des vainqueurs dont il aura servi la victoire; lorsque après les avoir secondés contre l'immense masse nationale, il se verra traité par eux comme ils traitent chaque jour ceux qui autrefois les sauvèrent; lorsqu'on lui reprochera d'avoir concouru au 5 septembre, d'avoir défendu la première loi des élections; lorsqu'en remontant plus haut, l'on traduira l'adresse même à laquelle il a coopéré en 1813, et dont maintenant on lui fait un titre, en hommages rendus à l'usurpation, parce qu'il y reconnaît Bonaparte comme souverain, et qu'il mêle des éloges assez directs à des censures assez détournées, alors ses yeux se dessilleront : mais il sera trop tard; il faudra qu'il recueille ce qu'il aura semé. Son dévouement méconnu, son service oublié, ses réminiscences d'égalité châtiées, lui apprendront la gratitude de l'oligarchie, et c'est beaucoup si ses alliés d'aujourd'hui lui pardonnent de s'être arrogé l'honneur de leur dédier son zèle.

» Certes, ce sera bien là le moins fâcheux des résultats d'un travail funeste. Le trône et la liberté remis en question, l'espoir des amis de l'ordre et de la justice trompé, les germes de la dissension jetés sur un terrain volcanique, la grande et la petite propriété devenant ennemies, l'une présentant sans cesse des candidats qu'elle s'irritera de voir repoussés, l'autre se jouant de la première, dont ses choix accuseront l'impuissance : voilà des maux sérieux, et si l'auteur de ces maux s'afflige pour lui-même, M. Lainé pourra bien être le seul à pleurer sur M. Lainé. Mais en attendant, ce qu'on vient de lire explique comment il s'est rendu l'organe d'un projet qui n'est autre chose que la contre-révolution. Dès que la chute de M. Decazes lui a fait entrevoir la possibilité de substituer aux combinaisons d'un ministère dont il avait cessé de faire partie, celles des hommes avec lesquels il croit reprendre l'autorité, il a mis ses talens, sa dialectique spécieuse, son éloquence à leur service, et si la contre-révolution triomphe par des élections toutes anti-nationales, M. Lainé en aura été le premier, le plus actif artisan. »

LES CONSPIRATIONS.

Parcourez les promenades, les théâtres, les lieux publics; entrez dans les salons, au faubourg Saint-Germain comme à la Chaussée-d'Antin, partout vous n'entendrez qu'un seul cri; cri d'espérance pour ceux-ci, de joie pour quelques-uns, d'effroi pour le plus grand nombre : Nous remontons à 1815!

Les conspirations et les poursuites judiciaires dirigées contre les écrivains qui défendent les intérêts nationaux, préludent au retour de cette époque fatale. La censure, d'une part; le ministère public et les jurés de MM. les préfets, d'une autre part, se chargent d'imposer silence aux écrivains qui plaident la cause de la charte et du peuple, c'est-à-dire, du trône constitutionnel. Celui-là est poursuivi parce qu'il a osé substituer aux suppressions de la censure des points ou des interlignes qu'on qualifie de séditieux; celui-ci est condamné parce qu'il a répété ce qu'il avait entendu, parce qu'il a consigné dans une feuille libérale les menaces incendiaires que cherchent à répandre chaque jour les feuilles ultra; un autre est déféré aux tribunaux, parce qu'il a pensé qu'un honorable magistrat, un grand citoyen n'avait révélé à la France que de terribles vérités; tel libraire se voit en butte aux persécutions, parce qu'il a osé publier des écrits conformes aux principes, aux doctrines du pacte social que chacun a juré de maintenir et de défendre; enfin, pour achever plus vite et pour ne plus s'arrêter à frapper en détail, on traduit en masse devant la cour d'assises, seize citoyens prévenus de bienfaisance, accusés d'humanité, et coupables de philanthropie.

On trouvera d'ailleurs, pour l'affaire de la souscription en faveur des détenus, plus de conspirateurs encore qu'on n'en veut, car voici la lettre adressée aux membres du comité par plusieurs députés souscripteurs :

Paris, le 11 mai 1820.

« Messieurs et chers Collègues,

» Nous avons vu les deux lettres que vous avez adressées à M. le garde des sceaux et à M. le procureur général Bellart, ainsi que les réponses qui y ont été faites. Signataires comme vous de la souscription de bienfaisance pour les personnes qui pourraient être détenues sans être jugées, en vertu de la loi du 26 mars, nous nous trouvons implicitement compris dans les poursuites commencées contre quelques citoyens qui n'ont fait que la signer avec nous, et dans les réserves insérées contre vous dans la mise en accusation de plusieurs des signataires. Nous croyons en conséquence devoir adhérer pleinement à tout ce que vous avez fait en cette circonstance, depuis le projet de souscription auquel nous avons tous concouru, et pour lequel vous n'avez été que nos mandataires, et notamment aux réclamations que vous avez adressées à l'autorité contre la persécution dont sont victimes nos co-signataires simples citoyens, et contre la ruse illégale et inconstitutionnelle que l'on emploie pour soustraire des députés à la juridiction légitime de la chambre dont ils font partie.

» A aucune époque, dans aucun pays, on n'a travesti en crime un acte de pitié. Les associations pour l'amélioration des prisons, pour le soulagement des condamnés, ont toujours été permises et approuvées.

» Le ministère public croit-il que ceux qui ont eu le malheur d'être dénoncés par des préfets, ou suspects à des ministres, sont par cela seul, avant tout examen, indignes de l'intérêt qu'on témoigne à des galériens ou à des faussaires?

» La souscription que nous avons établie, loin de provoquer la désobéissance à la loi, implique au contraire que la loi sera obéie, puisque les secours ne sont accordés qu'à ceux qui s'y seront soumis.

» Nous espérons que le gouvernement, éclairé sur cette question si importante pour son propre honneur, ne permettra pas qu'on réintroduise sous la monarchie constitutionnelle en 1820, les usages de la convention asservie par des hommes de sang en 1793; car ce n'est qu'alors que l'humanité était proscrite, et que des peines atroces par leur nature et leur injustice, atteignaient les suspects d'humanité.

Signés, Méchin, Pompières, Tronchon, Guilhem, Cabanon, Corcelle, Tarayre, Beauséjour, Rolland (de la Moselle), Demonthieri, Rodet (de l'Ain), Esgonière, Bastareche, Alex, Lameth, Leseigneur, Daunou, Desbordes, Bignon, Bogne-de-Faye, Hernoux, Lecarlier, Martin de Gray, Grammont, Perreau, Faure, Picot.

Quant aux conspirations, elles sont à l'ordre du jour. On dirait que ceux qui les font ont oublié et la conspiration des patriotes de 1816, et la conspiration de l'épingle noire, et la conspiration de Randon. Un garde-du-corps reçoit-il un coup de pistolet, à minuit, dans la rue de Bourbon, c'est un grand complot tramé contre l'état; le garde, dont le nom même était inconnu, est une des mille victimes dévouées au fer des conspirateurs; le meurtrier est au nombre des vingt-huit millions de complices de Louvel. L'instruction de la procédure devait démontrer jusqu'à l'évidence la réalité de ces faits effrayans, et la procédure ne s'instruit point. On ne parlait déjà plus de cette affaire, lorsque le journal du ministère anglais est venu nous apprendre qu'il s'agissait, non plus d'une vaste conjuration, non plus de complices d'un grand crime, mais tout simplement d'un mari jaloux, trompé et non content de sa triste aventure.

N'oublions pas ce soldat de la garde royale, autre victime désignée, et qui a été assassiné sur la place Louis XV. Les assassins sont encore à trouver; une enquête faite par l'autorité militaire n'a découvert que le contraire des faits allégués; n'importe, il y a encore conspiration dans cette affaire.

Et les pétards de la rue de l'Échelle! Oh! pour le coup, on voulait, au moyen d'un demi-kilogramme de poudre, faire sauter les Tuileries; qui sait même s'il ne s'agissait pas, pour en finir, de renouveler à Paris le désastre de Moscou! Toute la police est sur pied pour découvrir les traces d'un complot qu'elle devrait mieux connaître que personne, et voilà que le prévenu, transformé en officier de l'ancienne garde, n'est autre qu'un petit bossu, arrêté dans les cent jours par un général digne de foi, lorsqu'il allait, dit-on, porter à Gand des dépêches de Fouché. Plus tard, on apprend par les journaux que la faction entretient à Bordeaux, que ce *libéral*, cet officier de la vieille armée, et par conséquent ce conspirateur, a présenté en 1814, au duc de Wellington un plan raisonné, pour soumettre la France à la domination des armées anglaises. Ne sont-ce pas en effet les libéraux qui ont appelé les étrangers au secours de l'indépendance nationale? Bientôt, vous le verrez, il sera démontré qu'ils sont aussi les auteurs de la *Note secrète*. Remontez plus haut, et vous verrez que ce sont les partisans du nouveau régime qui ont fait la *machine infernale* du 3 nivôse, comme ils ont dernièrement fabriqué celle de la rue de l'Échelle.

Il est surprenant que les journaux ultras n'aient pas encore dénoncé la grande conspiration qui a éclaté à Grenoble pendant le séjour que S. A. R. le duc d'Angoulême a fait dans l'Isère. En voici les principaux détails :

Le soir de l'arrivée du prince, c'est-à-dire le 8 mai, les cris de *vive le roi! vive la charte!* se firent si vivement entendre, que quelques ultras ne craignirent pas de traiter de brigands, de séditieux, ceux qui les proféraient. *Vive le roi!* RIEN *que le roi!* à bas les libéraux! s'écrièrent plusieurs d'entre eux.

Dans la soirée, trois jeunes gens furent arrêtés pour avoir crié *vive la charte!*

Le lendemain 11, à la revue, les mêmes cris recommencèrent; aussitôt on vit des patrouilles à cheval parcourir les allées où étaient réunis les spectateurs, et s'emparer de plusieurs de ceux qui criaient *vive la charte!* Un jeune homme ayant été arrêté à côté de M. Pin, médecin, celui-ci lui dit : Ne craignez rien, je vais vous accompagner, et nous sommes tout prêts à répondre de votre innocence. Un officier supérieur, qui accompagnait le prince, s'étant avancé sur ces entrefaites, M. Pin lui demanda si ce cri, qui rappelait un pacte vénéré de tous les Français, était maintenant un crime : On sait bien, répond l'officier, ce que sont ces cris de *vive la charte*; ce sont des cris séditieux.

Au nombre des lettres de Grenoble, il en est une qui va jusqu'à raconter le fait suivant, auquel on a peine à ajouter foi, car il est difficile de supposer qu'un magistrat ait pu s'oublier à ce point.

Le fils de M. du Cruy, arrêté un instant après, fut conduit devant le préfet. Vous êtes, lui dit ce fonctionnaire, un séditieux qui vous permettez de crier avec affectation *vive la charte!* — Je crois, répond M. du Cruy, pouvoir le faire, quand le maire lui-même l'a fait dans sa proclamation. (M. le maire a été réprimandé, pour s'être permis d'invoquer la charte; il vient de donner sa démission.) Vous irez, reprend le préfet, apprendre à crier en prison. M. Raucourt, commissaire de police, s'étant alors avancé pour répondre du jeune homme. — Vous son répondant! s'écrie le préfet, répondez d'abord de votre conduite. Pourquoi n'avez-vous pas arrêté tous ceux qui ont crié avec affectation *vive la charte?* — Je ne considérais pas ce cri comme un cri séditieux, répond M. Raucourt. — Alors le préfet, lui arrachant son écharpe : Vous êtes indigne, continue-t-il, d'être commissaire de police, et je vous destitue.

Le soir, un groupe réuni devant le *café des Aveugles* (café ultra), ayant crié *vive le roi* au moment où le prince venait de souper chez le général, un jeune homme eut l'audace de crier *vive la charte!* aussitôt vingt-cinq ou trente ultras, qui formaient le groupe, fondirent sur lui comme des furieux, et il serait probablement resté sur la place, sans un officier qui accourut à son secours.

Cette rixe avait fort indisposé les jeunes gens et toute la population : le lendemain 10, un certain nombre d'étudians, suivi d'une multitude immense, se rendirent au même café, et remplirent la place Grenette. Ils montèrent sur l'escalier du café, et y firent la lecture du discours prononcé par S. M. lorsqu'elle donna la charte. Cette lecture fut suivie de celle de la charte; la foule allait toujours croissant, l'autorité envoya des patrouilles pour la dissiper; mais à mesure qu'elle cédait sur un point, elle se réunissait sur un autre. Cependant aucun désordre, aucun autre cri que ceux de *vive le roi*, *vive la charte*, ne furent proférés. La lecture faite par les jeunes gens fut accueillie par la multitude avec le plus grand enthousiasme, et fut suivie d'innombrables applaudissemens, qui se répétèrent dans toute la ville; cela a duré jusque vers onze heures du soir.

Le 11, à huit heures du matin, le prince est parti. On avait eu la précaution de tenir la porte de France fermée jusqu'à ce moment, et les passages du pont et du quai de l'Intendance étaient interceptés par des postes de soldats, ce qui n'empêcha pas que lorsque le prince passa, la foule qui était sur le quai de la Graille, de l'autre côté de l'Isère, ne fît encore entendre les cris de *vive le roi! vive la charte!*

Pendant le séjour du prince, des patrouilles de cinquante hommes n'ont cessé de parcourir les rues; l'Intendance, où S. A. R. était logée, a été gardée constamment par trois cents hommes.

Aujourd'hui, tout est rentré dans le calme, malgré les joies féroces de ceux qui appellent séditieux les amis de la charte et du roi.

Lors du passage du duc d'Angoulême à Lyon, en revenant de Grenoble, les ultras ont fait parcourir les rues de Lyon par quelques hommes et quelques femmes qui criaient: *à bas la charte! à bas le côté gauche, à bas les cent quinze!* etc. M. de Chantelauze, premier avocat général, qui est à la tête du ministère public en l'absence de M. Courvoisier, procureur général, n'a point dirigé de poursuites contre les auteurs de ces cris provocateurs. C'est le même magistrat qui cependant s'est pourvu en cassation contre l'arrêt de la chambre d'accusation de la cour royale de Lyon, qui déclare qu'il n'y a pas lieu à suivre contre les souscripteurs en faveur des détenus. Il est vrai que ce M. de Chantelauze est fils d'un homme qui acquit à Lyon, en 1793, une grande célébrité.

Ces détails, qu'on a sans doute laissé ignorer au prince, sont fournis par des citoyens de l'Isère. Les faits principaux, d'ailleurs, ont été énoncés à la tribune par l'honorable M. de Corcelles, et ils n'ont point été démentis par les ministres présens à la séance. Nous saurons bientôt, au surplus, si les cris de *vive le roi! vive la charte!* sont séditieux en effet. On signe à Grenoble une pétition à la Chambre, pour avoir à cet égard des éclaircissemens positifs.

Il est probable qu'on rangera bientôt aussi parmi les conspirateurs, le gouvernement espagnol; car voici une pièce officielle que ce gouvernement a remise le 1er mai à l'ambassadeur français, M. de Laval-Montmorency, et que la censure n'a pas permis de publier dans les journaux :

« La loi récente qui rétablit en France la censure préalable pour les ouvrages périodiques, les met d'une manière évidente entièrement à la disposition du gouvernement, sans que pour cela quelques-uns d'entre eux aient cessé d'être rédigés sous l'inspiration d'un esprit aussi hostile envers l'Espagne que peu conforme au siècle où nous vivons.

» Le gouvernement espagnol, fort à la fois de la glorieuse adhésion d'un peuple digne de la liberté qu'il doit à son roi, et de la conscience, de la droiture des principes qui le dirigent, méprise, comme elles le méritent, ces productions aussi éphémères que violentes d'une faction qui, affectant de méconnaître les avantages du régime politique établi dans sa propre patrie, ne se nourrit que de chimères, et invoque sans cesse, en s'exhalant en impuissans désirs, la résurrection d'institutions surannées, incompatibles avec les lumières du siècle. Mais il ne peut pas se dispenser d'appeler l'attention du cabinet éclairé de S. M. T. C. sur les tristes résultats d'une conduite aussi blâmable, parce qu'il voit clairement qu'il s'agit de répandre partout l'inquiétude, la crainte et la méfiance, en inventant des soulèvemens, des dissensions, et en alarmant l'Europe par l'écho impie de prédictions sinistres.

» Personne n'est plus à portée que V. Ex., par le rang qu'elle occupe si dignement, d'apprécier à quel point de semblables écrivains réunissent la mauvaise foi et l'imposture aux maximes erronées de leur politique. V. Ex., qui voit l'Espagne présenter un grand spectacle de paix et de concorde, sans autres altérations ni difficultés que celles qu'on ne peut jamais manquer d'éprouver, quoique légèrement, dans une nombreuse famille qui change le plan de gestion de ses affaires domestiques; V. Ex., qui est témoin de la sublime uniformité avec laquelle le peuple espagnol s'est prononcé pour le système constitutionnel qui lui promet des jours sans nombre de tranquillité et de bonheur; V. Ex., qui observe, sans doute, d'un œil pénétrant la tendance salutaire de nos lois fondamentales, qui, loin d'être le fruit de vaines théories, dérivent en grande partie de nos antiques lois de Castille consacrées par le temps et l'expérience, et qui se trouvent aussi éloignées de l'humiliant despotisme que des fureurs d'une démocratie insensée ; V. Ex., enfin, qui admire, sans doute, la grandeur d'âme et les vertus rares déployées par un roi magnanime, uni de cœur à son peuple fidèle, et qui se réjouit de ne conserver d'autre pouvoir que celui qui lui est nécessaire pour le gouverner en paix et travailler à sa gloire et à son bonheur ; V. Ex. elle-même serait surprise, en lisant dans certains papiers publics et dans certaines feuilles méprisables de la France, que l'Espagne est la proie d'une poignée de factieux, qu'elle se trouve opprimée sous le joug d'une démagogie frénétique, que des fleuves de sang vont y couler, et que l'Europe est menacée de la contagion soudaine de ces maux effroyables, si quelque chose pouvait surprendre de la part des hommes qui dirigent de tels écrits, et si l'indignation n'était pas le seul sentiment qu'ils excitent.

» Mais, étranger aux moyens obscurs d'une diplomatie tortueuse, sûr du vœu noble et unanime d'une union fraternelle prononcée par la nation, le gouvernement espagnol est très-éloigné de vouloir demander à aucun autre gouvernement des lois d'exception, des entraves, l'extinction des lumières, rien enfin qui ne serait conforme aux principes qu'elle se glorifie de professer : il se contentera d'indiquer au cabinet français ce que sa haute raison ne peut pas manquer de lui suggérer, le mauvais effet qui pourrait résulter entre deux peuples faits pour s'estimer réciproquement, de voir que, sous les règles d'une censure dépendante de l'autorité ministérielle, on permette d'imprimer des calomnies aussi grossières contre un voisin et ami, tandis que l'on rejette les articles destinés à servir de contre-poison, à éclairer la vérité obscurcie, et à soutenir la cause de la raison et de la justice.

» Au demeurant, S. M. C., qui a reçu de son auguste oncle le roi T. C., tant de preuves de tendre affection, et qui à son tour a répondu à S. M. T. C. par des sentimens non moins élevés ; S. M. C., convaincue qu'il ne peut échapper à la haute sagesse de ce monarque combien il est important que l'estime et l'amitié les plus franches règnent toujours entre deux nations que leurs sceptres paternels gouvernent sous des institutions analogues, et qui ont une multitude d'intérêts communs, ne doute pas que le gouvernement français ne sache trouver les moyens les plus efficaces d'éviter que ces liens ne se brisent, et d'arracher les semences pernicieuses que des mains imprudentes ou coupables sèment pour n'en recueillir que des fruits amers.

» En présentant à V. Ex., par ordre du roi, ces observations, afin qu'elle veuille bien les transmettre à sa cour, je saisis cette occasion de renouveler à V. Ex. l'assurance d'une haute considération. »

N'oublions pas de ranger encore parmi les conjurés M. Bastard de l'Étang, et la grande majorité de la chambre des pairs qui partage son opinion : cet honorable pair, chargé de faire un rapport sur l'instruction du procès de Louvel, a établi que l'assassin n'avait aucun complice, et que son crime était un crime isolé. L'instruction, qui dure depuis plus de trois mois, les interrogatoires du coupable, auquel on a adressé plus de sept cents questions diverses, l'audition de douze cents témoins, ont démontré que Louvel était seul criminel ; mais M. Bellart et *la Quotidienne* ne sont pas de cet avis : M. Bellart pense que la majorité de la nation, qui est corrompue selon lui au dernier degré, si elle n'est pas complice de fait, est complice d'intention. Quant à *la Quotidienne*, peu s'en est fallu qu'elle n'ait rangé parmi les complices M. le pair, rapporteur lui-même. Les tribunaux vont décider jusqu'à quel point il est permis d'outrager ainsi les premiers fonctionnaires de l'état. La censure avait-elle ou non approuvé cet article? C'est ce que l'instruction de la procédure fera connaître (1).

C'est ainsi qu'on nous ramène doucement en 1815, pour nous ramener ensuite en 88, ou même beaucoup plus en arrière. Disons, avec M. de Corcelles :

« Tenez-vous pour avertis, *roturiers*, *vilains*, car c'est le nom que vous allez reprendre, vous tous nobles enfans de Jemmapes, de Marengo, d'Austerlitz, d'Iéna ; et, je le

---

(1) A propos de journaux, on prétend que le *Journal de Paris* s'est procuré la liste des abonnés aux feuilles constitutionnelles, et qu'il leur envoie journellement, par la poste, le compte rendu sa manière des séances de la chambre des députés. Cette manœuvre n'a pas besoin d'être qualifiée.

dis le cœur navré de douleur, vous illustres victimes de Waterloo! quittez vos lauriers, enfans de la France et de la victoire, tendez humblement vos mains à des chaînes, qu'elles n'auraient jamais dû secouer! vous n'aurez plus de représentans; vos lois seront renversées! retournez à la glèbe, retournez à la corvée, vieux guerriers que le boulet ennemi avait tant de fois respectés! labourez, semez pour l'aristocratie, c'est elle qui vous l'ordonne; c'est elle, affranchie de toute représentation nationale, libre de toute loi importune, que bientôt vous allez voir assise sur les débris du trône constitutionnel! »

Toutefois, malgré ces sinistres présages, remarquons que 1815 ne nous sera pas rendu dans toute sa pureté. Alors les soldats étrangers couvraient le sol de la France, et la France n'est plus couverte aujourd'hui que d'hommes industrieux, et de vieux guerriers qui sont ses enfans; alors l'Espagne était menaçante, aujourd'hui l'étendard de la liberté flotte au sommet des Pyrénées. Ajoutons donc avec l'honorable député : « Qu'un seul cri, parti de cette enceinte, rallie tous les Français..... Députés, magistrats, citoyens, soldats, tous vous avez juré de maintenir la charte, de la défendre... On ose la toucher! malheur aux traîtres!... »

FIN.

IMPRIMERIE DE PLASSAN, RUE DE VAUGIRARD, N 15.

www.ingramcontent.com/pod-product-compliance
Ingram Content Group UK Ltd.
Pitfield, Milton Keynes, MK11 3LW, UK
UKHW020216200726
13856UKWH00004B/1426